AF313469

L'AVENIR

ou

PARIS EN L'AN 1900.

L'AVENIR

ou

PARIS EN L'AN 1900.

—

Qu'est-ce que l'Avenir? une énigme, un tableau
Peint de la main de Dieu, mais couvert d'un rideau.
Qui de nous, l'œil fixé sur cette vaste toile,
Ne voudrait, à tout prix, lever un coin du voile?
Sur le destin futur de tant d'êtres aimés
Qui peut stoïquement vieillir les yeux fermés,
Et s'endormir, drapé dans sa froide incurie,
Sur le sort que le ciel réserve à sa patrie?

O mon noble pays, que tes fils, tour à tour,
Apprennent à chérir jusqu'à leur dernier jour,
Ton astre glorieux doit-il grandir encore ?
Court-il à son déclin? N'est-il qu'à son aurore,
Comme l'ont proclamé ces prophètes nouveaux
T'annonçant l'âge d'or, du haut de leurs tréteaux ?
Dois-je pleurer sur toi? Dans ces jours de tempête,
De cyprès ou de fleurs faut-il ceindre sa tête?
Du passé comme on garde un vivant souvenir,
Que ne peut-on percer la nuit de l'avenir !...

Ainsi, préoccupé d'un douloureux mystère,
Un soir, le cœur flétri, l'œil baissé vers la terre,

Vagabond dans Paris tout plein d'affreux discords,
De son fleuve fameux je côtoyais les bords :
Des jours qu'un noir crayon nota dans leur histoire
Les souvenirs en foule assiégeaient ma mémoire.

Le bonheur et la paix s'arrêtent dans leur cours,
Disais-je; fleuve aimé, toi, tu coules toujours.
Pourtant c'est toujours toi; tu marches dans ta voie :
La mer reçoit tes flots, le ciel nous les renvoie.
Dans ton onde on a vu les chevaliers romains
Laver le sang gaulois qui rougissait leurs mains :
Du moins, l'essaim des arts marchait sous leur bannière.
Puis, devant eux, les Francs ont chassé la lumière;
Puis, Normands et Bretons ont profané ton lit;
Puis, j'ai vu (jours affreux devant qui tout pâlit)
Tes flots désaltérer les cavales tartares !
Dois-je te voir couler sous de nouveaux barbares?
Qui le sait? Qui peut lire au livre du destin ?

Lui.... me crie une voix ou d'homme ou de lutin.
— Qui ? lui ! — Vois-tu là-bas, comme un fantôme
                                        [sombre.
La vieille tour Saint-Jacque allonger sa grande ombre,
Non loin de cette place où fut le Châtelet?
A son faîte, vois-tu briller un feu follet
Eclairant les vitraux d'un fragile habitacle ?
Là vit, loin de la terre, un prophète, un oracle.
Va, cours l'interroger. — Allons ! dis je à part moi.

J'arrive, plus rempli de désir que de foi,

Au pied de cette tour antique et vénérable,
D'un saint temple écroulé relique invulnérable.
La cloche du palais allait sonnant minuit.
Tout dormait. De mes pas j'entendais seul le bruit.
Contre le piédestal du tireur d'horoscope
D'un écrivain public rampait la pauvre échoppe.
Une porte gothique apparaît à mes yeux ;
Ma main l'ent'rouvre ; alors, d'un pas audacieux,
J'ose en franchir le seuil. Il faut être sincère ;
Sous de légers frissons parfois mon cœur se serre,
Quand mon pied tournoyant et dans l'ombre perdu
Monte cet escalier en spirale tordu :
Mais je montais toujours à travers le silence,
Comme vers l'inconnu l'esprit troublé s'élance.

Après deux cents degrés franchis en tâtonnant,
Ici heurtant le mur, et là m'y soutenant,
De mon ascension un filet de lumière
M'avertit que j'atteins la limite dernière :
Je touche au sanctuaire où le pauvre devin
Vend à tous l'avenir, qu'il craint pour lui demain.

Je frappe. -- Qui va là ? crie une voie sonore.
— Un homme qui voudrait savoir ce qu'il ignore.
— L'homme, répond la voix, malgré son fol espoir,
Ignorera toujours plus qu'il ne peut savoir.
Entre, qui que tu sois. — Soudain la porte cède,
Et devant moi se traîne un grotesque bipède,
Affreux nain desséché, décrépit, déjeté.
Sur son crâne luisant, le peigne inusité

N'eût pas eu deux cheveux à remettre à leur place.
Dans sa bouche ses dents brillaient, par contumace.
Mais d'un œil rouge et vif comme un charbon ardent
Il vous perçait à jour, rien qu'en vous regardant ;
Et, sur son sein bombé qu'un pourpoint noir protège,
Sa barbe ruisselait en longs flocons de neige.

Qui donc es-tu, lui dis-je, être mystérieux,
Dont la lampe, à minuit, veille si près des cieux ;
Toi qui, de Jupiter cinquième satellite,
Peux servir de pendant à Siméon Stylite ?
— Le nom de Triboulet, ce fou jadis joyeux,
A-t-il jamais frappé ton oreille ou tes yeux ?
— Qui ? ce charmant bouffon du martyr de Pavie?
-- A t'asseoir sur ce banc c'est lui qui te convie.
— Tu railles. — Je dis vrai. — Depuis Noé, je crois,
De trois siècles jamais nul n'a porté le poids.
— Ecoute. Sous la Ligue, un jour de barricades,
Jeu sanglant des badauds et des vauriens malades,
Paris était en feu ; la Mort me poursuivait ;
J'osai fuir, quand le sage en pleurant s'esquivait.
Je gagnai ce donjon ; j'y cachai ma folie.
Depuis ce jour, la mort ou me cherche, ou m'oublie.
Je dus apprendre à vivre. Au pied de cette tour,
Je prête le matin, secrétaire d'amour,
Ma lyre au voltigeur, ma plume à la grisette ;
Le soir, de l'avenir je deviens l'intreprète.
Mais parle ; que veux-tu ?—Lynx aux regards perçans,
Dis-moi ce que sera Paris, l'an dix-neuf cents.
— Tu vas le voir toi-même. —Et, de sa main étique,
Il dresse l'appareil d'un monstrueux optique.

Regarde, me dit-il, et ne sois pas surpris
Si le temps a peut-être un peu ridé Paris.

— Ciel ! que vois-je ? où brillaient ses maisons élégantes
Se presse un vil ramas de misérables tentes.
Qu'a-t-on fait de Paris ? Sous le vent de la mort
De la grande Palmyre a-t-il subi le sort ?
— Non ; Paris est entré, voilà tout le mystère.
En plein règne des sots, régime *égalitaire.*
Tous ses badauds un jour se sont proclamés rois.
De ces rois la plupart vivaient non loin des toits :
Soudain les bonnes gens s'étant pris de la rage
De trôner désormais tous au premier étage,
On dut, faute d'espace, abattre les maisons,
Pour pouvoir de niveau parquer tous ces oisons.

— Hélas ! quel vide affreux à nos pieds se découvre !
Mon œil le cherche en vain ; je ne vois plus le Louvre.
— Quoi ! ce froid monument d'une folle grandeur ?
Les nouveaux souverains l'ont rasé par pudeur ;
Puis ils l'ont renvoyé dormir dans la carrière.
Le palais le plus beau vaut-il une chaumière ?

— Mais ces nobles labeurs du génie et du temps,
Ces merveilleux tableaux, ces marbres palpitans
Qu'abritait de ces murs l'enceinte hospitalière,
Et qui d'un saint respect frappaient l'Europe entière,
Que sont-ils devenus ? qui les a recueillis ?
— Bah ! ces sujets d'enseigne et ces magots vieillis ?
A quoi bon ? ce n'était qu'artifice, imposture,
OEuvre de fainéans qui singent la nature.

Dans les flots de la Seine on a précipité
Des grâces sans corset l'horrible nudité,
Et de beaux feux de joie ont dévoré ces toiles
Où l'œuvre du bon Dieu brillait parfois sans voiles.
Ils sont en cendre aussi, tous ces bouquins poudreux
Que, depuis deux mille ans, cent mille cerveaux creux
Déversaient, à l'instar des Danaïdes grecques,
Dans ces charniers d'esprit nommés bibliothèques.

— Les Welches ! Triboulet, où donc est l'Institut ?
— Ce joujou du grand siècle ? On l'a mis au rebut.
Que faire d'un troupeau de savants, vieux et sages,
De rimeurs sans cervelle, enlumineurs d'images,
Et d'artistes rêveurs qui pensaient bonnement
Que l'homme n'est pas né pour dîner seulement ?
On leur a bien fait voir qu'un siècle *humanitaire*
Cultive, non l'esprit, mais la pomme-de-terre.
A quoi bon le talent et l'esprit ici bas,
Sinon à faire affront à ceux qui n'en ont pas ?
Aussi, sous le beau nom d'Institut politique,
On a des professeurs d'ignorance publique.
Ils enseignent que Dieu, sous son brillant soleil ,
N'a rien fait d'inégal et que tout est pareil ,
Et l'aigle et le dindon, et le chêne et le lierre,
La fange et le rubis, un crétin et Molière.
Ni premiers ni derniers chez eux n'existant plus,
Les nombres ordinaux du français sont exclus,
Ainsi que les vieux mots *respect, reconnaissance,*
Et l'insolent outrage appelé *bienfaisance.*
De quel droit, en effet, un protecteur brutal
Osait-il infliger l'aumône à son égal ?

— Et l'urne qui versait la manne sociale,
Ce palais d'où, marqués de l'empreinte légale,
Les métaux s'élançaient en disques radieux,
Signes de tous les biens répandus sous les cieux ?
Je ne le revois pas non plus sur cette rive.
Où donc l'a relégué la Police craintive ?
—Il n'est plus en son lieu ; mais il n'est pas ailleurs.
De ce bel art naissait l'art des faux monnayeurs.
Pour prévenir le crime enfant de la monnaie,
On a détruit la fausse, en supprimant la vraie.
Un peuple sans argent, un Etat sans trésor,
C'est ce que ce grand siècle a nommé l'âge d'or.

— Mais tout s'écroule donc au fond du précipice ?
Grand Dieu ! qu'est devenu le Palais-de-Justice ?
— Rasé. — Comment ! rasé ? —Ne le vois-tu pas bien ?
Ce vieil antre aux procès n'était plus bon à rien :
Un souffle l'a détruit. D'un robin chauve et blême
On n'attend plus justice ; on se la rend soi-même.
—Ah ! quelle horreur !—Tout beau ! jugeons d'après
                              [les faits.
Tous nos chers descendans sont devenus parfaits.
Plus de vices ; partant, ni délit ni querelle.
Que si quelque traînard n'a pas fait peau nouvelle,
Et mésuse du feu, du fer ou du poison,
Il s'arrête lui-même et se traîne en prison.
— C'en est assez, lui dis-je, et tant d'extravagance
Finit par excéder ma longue patience.
De tes héros les uns sont gens à garotter,
Et tout le reste est bon à médicamenter.

— Ah ! laisse-toi toucher : phalange fraternelle,
Vois-les donc tous puisant à la même gamelle,
En attendant que Dieu, pour leurs vifs appétits,
Fasse pleuvoir du ciel les ortolans rôtis,
Et du vaste océan, pour leur verser rasade,
Change la coupe amère en bol de limonade.
Peuple heureux ! où trouver de plus riants tableaux ?
Le partage des biens a détruit tous les maux.
Partout règnent la paix, l'innocence et la joie :
L'amour est roi d'un monde où chacun se tutoie.
Plus d'orgueil, plus d'envie ; et cet Eden nouveau
Est l'œuvre d'un équerre embelli d'un niveau.
Nos neveux prosternés devant ces grands symboles,
Ont dû bannir le luxe et tous nos arts frivoles.
Tout Apollon chez eux est gardeur de troupeaux,
Et tout artiste est fier de sculpter des sabots.
Ainsi, dans l'âge mûr, un grand peuple qui pense
Foule aux pieds les hochets qui charmaient son enfance.

C'en est trop, halte-là, criai-je, pauvre fou,
Tu me montres Paris, et je vois Tombouctou.
Sur nos fronts tant d'opprobre est-il indélébile ?
Par pitié, montre-moi Paris en l'an deux mille.
— Attends ! dans le lointain je vois poindre Attila.
— Achève. — Pour mes yeux l'horizon finit là.
J'embrasse un siècle entier, mais à son étendue
S'arrête le rayon de ma seconde vue ;
Au-delà, c'est la nuit ; je ne distingue rien :
Contente-toi de voir l'an dix-neuf cents. — Hé bien,
Puisque telle est la borne où ton pouvoir s'arrête,

J'ose prendre, à mon tour, le rôle de prophète.
Ta clairvoyance est courte, et mon œil voit plus loin.
Non, j'ose l'attester, non, Dieu m'en est témoin,
Il ne permettra pas à des dogmes sauvages
D'abrutir les enfans de ces nobles rivages.
Du respect des aïeux et de l'amour du beau,
Dieu ne laissera pas éteindre le flambeau,
Ni, devant son soleil, reflet de sa lumière,
Régner en souverains le nombre et la matière.
Non, de nouveaux Titans, éphémères vainqueurs.
Ne dessécheront pas toute foi dans les cœurs :
De leur dur prosaïsme, étouffoir du génie,
Nos fils ne voudront pas subir l'ignominie.

Et toi, qui fais briller parmi nos étendards,
Depuis trois fois cent ans, le sceptre des beaux-arts,
Lutèce, heureux foyer de toute intelligence,
Non, tu ne mourras pas comme Athène et Byzance.
De sophistes bruyants un ramas furieux
En vain veut t'arracher ce sceptre glorieux ;
En vain l'Egalité, leur chimère insolente,
De toi prétendra faire une humble Présidente :
Va, tu seras encor la Reine des cités.
Jamais le voyageur sur tes murs désertés,
L'œil en pleurs, ne lira ces mots honteux et tristes :
Passant, ci-git Paris, tué par les sophistes.

Cela dit, saluant mon fou malencontreux,
Je descends de sa tour les degrés tortueux,

En me disant : hélas! sous l'effort des barbares,
Des pervers et des fous, des sots et des ignares,
Paris doit-il périr ? — et l'écho sur mes pas
Répondait : patience!... il ne périra pas.

MICHAUX (CLOVIS).

UN SONGE.

UN SONGE.

Des pavots de l'ennui subissant l'influence,
Je m'assoupis un jour, non pas à l'audience,
Mais au logis, repu des superbes discours
Dont nos fougueux tribuns nous grisent tous les jours.
Par un songe, échappé de la porte d'ivoire,
Je me vis transporté sous terre, en un prétoire
Où, greffier, j'assistais les vieux rois absolus
Qui rendent la justice aux gens qui ne sont plus.
Aux côtés de Minos, à l'âme peu clémente,
Siégeaient le sage OEaque et le dur Rhadamanthe :
J'écrivais leurs arrêts. Inflexibles pour tous,
Ils séparaient les bons des méchans et des fous ;
Prodigieux labeur, examen formidable,
Qui dit le dernier mot, le mot irrévocable.

Avez-vous calculé, dans le cercle d'un jour,
Quel tribut la mort paie à l'infernal séjour ?
Du troupeau des vivans, dans ces tristes demeures
Il en descend, hélas! cent mille en vingt-quatre heures;
Quelle hécatombe ! Aussi, sous peine de retard,
Le temps ne peut suffire à les juger à part.
Sitôt que de Caron la barque les amène,
Mercure, les touchant de sa verge d'ébène,
Les range, et lestement classe en groupes divers
Les crimes, les vertus, les vices, les travers ;
Puis il les met en marche en leur frappant l'épaule,
Les suit comme un berger, les pousse, à tour de rôle.

ᴅevant le tribunal terrible et solennel
Qui rend à tout venant justice sans appel.

Ceux qu'il poussa d'abord, ombres infortunées,
Voudraient cacher leur face, et n'être jamais nées.
« Cette tourbe, dit-il, pour dormir au tombeau,
» A la face du ciel a jeté son fardeau.
» Les uns, ayant fourni la moitié de leurs tâches,
» Sont au bord du chemin tombés comme des lâches ;
» Ceux-ci, chargés de jours, touchaient déjà le port ;
» Ils ont manqué de cœur pour un suprême effort.
» Ces derniers, se couchant au seuil de la carrière,
» A vingt ans, ont osé maudire la lumière ;
» Et l'insolent ennui de ces faux malheureux
» Trouva que le soleil n'était pas digne d'eux. »

Minos les foudroya de ses regards austères.
« Du séjour des vivans échappés volontaires,
» Que cherchez-vous, dit-il, sur ces bords inconnus ?
» Tous ceux qu'on n'attend pas y sont les mal venus.
» Osez-vous étaler vos blessures superbes,
» Impatiens vieillards, et vous, Catons imberbes
» De qui l'orgueil, à peine ayant ouvert les yeux,
» Méprisa les décrets et les présens des Dieux ?
» Vous cherchez le bonheur, dit-on ; vœu téméraire !
» C'est, avant le travail, exiger le salaire ;
» Et qui sait si chacun serait content du sien ?
» Vous êtes trop pressés ; Pluton ne vous doit rien :
» Retournez au néant, déserteurs de la vie. »

Et d'un effet soudain la sentence est suivie :
Comme un souffle exhalé sous un soleil d'hiver,
Cent spectres murmurans s'évaporent dans l'air.

Après eux, à pas lents, s'avancent d'autres ombres,
A l'aspect moins contrit, aux regards non moins som-
                                          [bres.
L'une, le front brisé par le plomb meurtrier,
L'autre, les flancs ouverts par l'homicide acier.
« Des vieux gladiateurs insensés parodistes,
» Ces gens-ci, dit Mercure, étaient des duellistes,
» Fanatiques tombés dans leur sainte fureur
» Aux pieds d'un dieu de sang, nommé le point-d'hon-
                                          [neur.

» De quel front, dit Minos, ces bretteurs en délire
» Voudraient-ils se targuer d'un stérile martyre ?
» Qui leur apprit qu'aux fous triomphans ou battus
» Un cartel tenait lieu de toutes les vertus ?
» Arrière tous ces gens, qu'on ne put sans audace
» Regarder de travers, ni regarder en face,
» Et qui, dans tout débat, n'avaient, sûrs d'avoir tort,
» Que le fer pour logique, et pour raison, la mort !
» Enchaînés deux à deux, sans que rien vous sépare,
» Spadassins, pour champ-clos vous aurez le Tartare. »

Alors commence un long et triste défilé
De fantômes, au corps livide et mutilé.
Minos, d'un œil plus doux, les observe et s'écrie :
« Tombés pour quelle cause, enfans ?—Pour la patrie.
» — C'est bien. Honneur à vous ! allez, jeunes héros,
» Goûter dans l'Elysée un éternel repos.
» Votre sang généreux répandu sans colère
» N'est pas tombé du moins infécond sur la terre.
» Avares de ce sang dont vous saviez le prix,
» Vous en fîtes l'offrande à votre seul pays. »

Ils passent. Mais d'où sort cette étrange mêlée
De pauvres gens meurtris et la tête fêlée ?
« Qu'êtes-vous ? dit le juge, et de quels grands combats
» Rapportez-vous, brisés, ces jambes et ces bras ? »

Nous serions, disent-ils, plus frais et plus ingambes,
Si nous n'avions usé que de nos propres jambes ;
Mais, sur nos fins coursiers, nous avons disputé
La noble palme offerte à la vélocité.
« —J'entends. Vous vous plaisiez à crever dans le stade
» D'innocens animaux, victimes de parade,
» A qui vous commandiez de franchir sans broncher
» Les mille casse-cou de la course au clocher,
» Et, bientôt expirants sous vos coups d'étrivière,
» Il vous ont avec eux fait mordre la poussière.
» Joûte en effet sublime et trépas glorieux !
» Lutter d'esprit peut plaire aux lettrés orgueilleux ;
» Mais lutter de chevaux, et mourir sous sa bête,
» Vainqueur de son rival d'au moins un quart de tête,
» Quel triomphe promis à l'immortalité !
» Eh bien ! courez encor durant l'éternité ;
» Avant de recevoir la récompense due,
» Tâchez de rattraper votre raison perdue. »

Ensuite vint, comptant ses doigts en approchant,
Ce peuple souple et fin, dit le peuple marchand.
« Pour faire à vos chalands d'anodines saignées,
» Vous avez tous tendu vos toiles d'araignées,
» Dit Minos ; mais je sais distinguer entre vous.
» Les uns, faisant chez eux concurrence aux filous,
» Ont osé, gens de proie et larrons faméliques,
» Se gorger, sans merci, du suc de leurs pratiques.

» Les autres n'ont cherché, contenus par l'honneur,
» Que le modeste gain qui payait leur labeur.
» Les premiers exerçaient le vol avec patente ;
» Leur boutique ne fut qu'une trappe élégante ;
» Les seconds, gens de foi, du comptoir paternel
» A la probité pure ont su faire un autel :
» Aux uns donc le Tartare, aux autres l'Elysée.
» Partez. » — La troupe fuit, en deux parts divisée.

Puis s'avancent, frappant des mains sur le bureau,
Avocats de tribune, orateurs du barreau,
Tous les gens de poumons, de geste, de harangue,
Savants à manier le glaive de la langue.
Ils parlent tous ensemble, et cet ensemble est tel
Qu'on croit ouïr encor les maçons de Babel.

« Silence ! dit Minos ; j'honore la parole,
» Quand l'homme, dédaignant d'en faire un art frivole,
» De ce riche instrument usant comme il le doit,
» S'en fait une arme sainte en faveur du bon droit ;
» Quand ni la vérité, ni sa sœur la justice
» Ne la virent jamais faillir à leur service.
» Mais tous en ont-ils fait ce noble et digne emploi ?
» Toi, tu fus l'avocat de l'imposture ; toi,
» Des vauriens, par instinct, tu pris en main la cause ;
» Toi, des Catilina tu fis l'apothéose ;
» Celui-ci se dressa jusqu'à l'impiété ;
» Celui-là, plat rhéteur, flatta l'iniquité.
» Turpitude ! éloquence abjecte et misérable !
» Qui professe ou défend le mal, s'en rend coupable.
» Honneur donc à vous seuls, dont l'intrépide voix
» N'a trahi le parti des vertus ni des lois !

» Le Ciel vous garde ici le repos dans la gloire.
» Mais il garde un désert, retraite expiatoire,
» Aux ignobles bavards, aux lâches orateurs.
» Pour supplice, ils devront parler sans auditeurs. »

Minos a prononcé ; le partage s'opère.
« Et vous autres, quel fut votre état sur la terre ? »
Dit le juge, en voyant s'avancer, trois par trois,
Des gens à l'air farouche, à l'œil fauve et sournois.
« Nous ? s'écrièrent-ils d'une voix unanime :
» Contre toute puissance et contre tout régime
» Nous conspirions.— Fort bien. Sauveurs du monde
        [entier,
» N'auriez-vous pu choisir quelque honnête métier ?
» — Est-ce donc pour ramper qu'un citoyen respire ?
» Le serf travaille et dort ; l'homme libre conspire.
» — L'honnête homme conseille et ne conspire pas.
» — Les tyrans sont d'accord avec les dieux ! à bas,
» A bas les tout-puissans ! l'homme est son propre
        [maître.
» — Quelques douches du Styx vous calmeront peut-
        [être.
» Savez-vous que pour faire ainsi les importans,
» Outre l'audace, il faut la taille des Titans ?
» Allez donc, unissant vos âmes aguerries,
» Comploter sous le fouet de vos sœurs les Furies. »

Ils partent ; mais, entr'eux, ces sombres fanfarons
Se redisaient tout bas : en avant ! conspirons.

« Et vous, beaux jouvenceaux à la moustache blonde,
» Approchez ; quel était votre emploi dans le monde ? »

Dit le juge, en voyant s'avancer un convoi
De jeunes trépassés, pleins de honte et d'effroi.
« Que faisiez-vous ? — Nous ? rien. — Vous deviez donc
[mal faire.
» — Poursuivre le plaisir fut notre unique affaire.
» — Vous étiez riches ? — Non. — Donc, aux dépens
[d'autrui,
» Comme des flibustiers, vous charmiez votre ennui.
» On vous connaît, viveurs, morts sur vos lits de roses.
» Chaque soleil voyait vos trois métamorphoses ;
» Durant le jour, beaux paons, ornement du trottoir,
» Chenilles le matin, et papillons le soir.
» Après les jours, les nuits ; nuits de Sardanapale,
» Où l'on se raillait fort de la rive infernale ;
» Mais, le pied vous glissant au sortir du festin,
» Il a fallu pourtant y descendre un matin.
» Vous y voilà, penauds, vieux, usés avant l'heure.
» Que servent ces sanglots, ce repentir qui pleure ?
» Il est trop tard ; la coupe est vide ; en ce moment
» La faute consommée attend son châtiment.
» Fuyez. Pendant mille ans, pleurez votre démence ;
» Puis peut-être luira le jour de la clémence. »

Mais quel tableau ! quels sont ces deux nobles vieillards,
Attachant sur le sol leurs humides regards ?
A leur démarche auguste, à leur tête baissée,
On devine et l'on sent la majesté blessée.
Minos les interroge : expliquez-moi, dit-il,
« Pourquoi vos tristes jours ont fini dans l'exil.
» Vous fûtes des tyrans, sans doute, et vos victimes
» Ont appelé sur vous la peine de vos crimes.

» — Non ; notre cœur est pur; le sang nous fut sacré.
» Nul n'a dit : c'est par eux que mes yeux ont pleuré.
» Aussi l'amour des bons fut longtemps notre égide.
» — L'amour des gens de bien est un rempart solide,
» Tant qu'à leur dévoûment l'absence du danger
» N'impose qu'un tribut facile et passager ;
» Mais cet amour se cache au jour de la tempête.
» Vous, quand des factions l'hydre levait la tête,
» Quels traits opposiez-vous à ses coups furibonds ?
» — Pour vaincre les méchans, nous comptions sur
[les bons.
» — Et vous ne frappiez point avec l'arme d'Hercule?
» — D'un excès de rigueur nous nous faisions scru-
[pule.
» — Vain scrupule ! qui perd les peuples et les rois.
» Comme elle a ses devoirs, la puissance a ses droits.
» Je fus monarque aussi ; mais le sceptre de Crète
» Ne fut pas dans mes mains une vaine houlette ;
» Et quand sous son abri les bons se consolaient,
» Les méchans murmuraient parfois, mais ils trem-
[blaient.
» Dans le temple des lois sentinelle inflexible,
» Ils m'y trouvaient toujours vigilant et terrible.
» J'étais juste : malheur à qui m'aurait bravé !
» La faiblesse en cédant n'a jamais rien sauvé.
» Je vous plains. Toutefois soyez pardonnés, frères.
» Les dieux sont comme vous souvent trop débon-
[naires. »

Il dit. Les deux vieillards s'inclinent ; de leurs yeux
Jaillit comme l'éclair un souris gracieux.

Il vont près de Nestor, dans le séjour suprême,
Goûter, loin des ingrats, l'oubli du diadême.

A ces ombres succède un essaim peu nombreux
De mânes scintillant dans un air vaporeux,
Répétant en cadence et d'une voix légère :
« C'est par nous qu'on riait, qu'on aimait sur la terre ;
» Nous apaisions l'orage au chant des alcyons ;
» Nous allions par l'oreille au cœur des nations.
» — Assez ! dit Rhadamanthe ; à ces voix indiscrètes
» On vous a devinés ; vous êtes des poètes ,
» Habiles imposteurs, dont la frivolité
» Affublait d'oripeaux l'austère Vérité.
» — Avions-nous tort de croire, ô juge redoutable ,
» Qu'un faux bonheur vaut mieux qu'un malheur
[véritable ?
» Que de fois par son but l'art des vers ennobli
» Sut verser aux douleurs la coupe de l'oubli !
» — Hé! guérit-on le mal en trompant le malade ?
» Que faisiez-vous, lecteurs drapés sur une estrade,
» Qu'amuser les esprits par mille contes bleus ,
» Ou qu'affadir les cœurs par des vers doucereux ?
» Ce n'est pas sans raison qu'en prudent politique
» Platon vous bannissait loin de sa république,
» Comme des esprits vains, perfides enjôleurs.
» — Oui, mais sa main d'abord nous couronnait de
[fleurs.
» — Vos fleurs sont les bravos dont vous faites trophée.
» —Mais, Seigneur, l'enfer même applaudissait Orphée,
» Le jour où du Cocyte il enchanta les bords .
» — S'il profana, vivant, cet empire des morts ,

» En revoyant le jour il trouva son supplice.

» Viendriez-vous aussi chercher quelque Eurydice,

» Ou nous chanter, à nous, les ris et les amours ?...

» Ici l'on ne rit guère, et vos juges sont sourds.

» Poètes, grands enfans, nourris de bagatelles,

» Qui vous tressiez là-haut des palmes immortelles,

» Esprits légers, ni bons ni méchants, si pour vous

» Le Tartare est bien dur, l'Élysée est trop doux.

» Près du Léthé, qui coule entre ces deux asiles,

» Allez rêver en paix, parmi les inutiles. »

A ces mots dédaigneux, les poètes blessés

S'agitent ; pour répondre, ils se sont redressés ;

Mais le juge infernal les oblige à se taire.

Moi-même, révolté de sa rigueur austère,

Je sens ma plume d'or se briser dans ma main.

« Non, je n'écrirai pas cet arrêt inhumain, »

M'écriai-je ; au nectar, à la pure ambroisie

» Je préfère un beau vers ; « vive la poésie ! »

A ces mots, je bondis, et, par un prompt réveil,

Echappé des enfers, je revis le soleil.

L'ombre, non sans bonheur, avait fait place à l'homme ;

J'en rendis grâce à Dieu. Surpris d'un si long somme,

La cause s'en offrit bientôt à mes regards :

J'avais sur l'estomac dix journaux montagnards.

MICHAUX (CLOVIS).

Paris. — Typographie et Lithographie FÉLIX MALTESTE et C.,
Rue des Deux-Portes-St-Sauveur, 22.